Coll. Les mictions de la Mérule

Nouvelles

DIDIER BERTHOLY
MARIE-LAURE PETIT
ODYSSEUS KATSANVINTSET
OLIVIER GUEVAREC
BRICE GAUTHIER
OD. K

TANT QUE L'ON CRÈVERA D'ENNUI

ET AUTRES HISTOIRES D'AMOUR RATÉES

LA MÉRULE
PAPIER BOUFFANT

DIDIER BERTHOLY

Virginie et Paul

« Voilà quelques mois qu'ils se retrouvent en fin de semaine, toujours chez Virginie. Ils ne savent pas vraiment s'ils sont amoureux ou s'ils sont restés amis tout en étant devenus amants. »

Il a encore neigé aujourd'hui et Virginie se demande si cette petite ville de province où elle vit depuis trois ans sortira un jour de sa torpeur. Virginie n'a jamais aimé l'hiver et ne voit pas ce que la génération de ses parents trouvait de charme à un paysage enneigé. Tout y est froid et monochrome, ou, plus exactement, privé des couleurs qui ont déserté la campagne. Qui plus est, de ces vastes espaces blanc-bleuté où terre et ciel se confondent par temps de neige, semble ne se diffuser qu'une odeur de mort. L'espace est vide. Pas même un son perceptible au milieu de ce capiton sans limite. En ville, c'est encore pire. Les gens aiment voir tomber les premiers flocons, blanchir les toits d'ardoises, mais très vite ils pensent aux désagréments que la neige ne tardera pas à leur causer. Et puis rues et trottoirs n'ont pas pire aspect que lorsqu'ils sont recouverts de cette soupe sale qui, sous les pneus des voitures, gicle en gerbes sur les vêtements du piéton et laisse des traces blanches, informes et tenaces sur le cuir des chaussures de ceux qui ne se sont pas convertis au véganisme. Virginie était convaincue que la neige était une calamité à reléguer au rang des souvenirs, mais, en cet hiver 2025, elle réapparaît de façon aussi exceptionnelle que spectaculaire, même à trois-cents mètres d'altitude.

Virginie est rentrée un peu plus tôt du travail. Une faveur exceptionnelle accordée par son patron. À cause de la neige, justement. Elle aurait pu profiter de cette demi-heure de loisir inespérée pour faire un peu de shopping sur le trajet du retour, mais l'avenue déjà presque vide à cinq heures de l'après-midi lui donne le sentiment d'être objet de surveillance. Impression d'autant plus persistante qu'elle s'avance dans le froid humide et crépusculaire de la ville, que pénètrent incongrûment les lumières criardes qui se répandent des vitrines des boutiques et salons de coiffure. Elle presse le pas, ne s'arrête que pour acheter l'une des trois dernières baguettes qui se dessèchent sur les rayons métalliques dressés derrière le comptoir de la boulangerie-pâtisserie de son quartier. Elle choisit aussi, après hésitation, deux tartelettes aux fraises. Pourtant, des fraises en février, c'est plutôt contraire à ses principes.

Il lui a téléphoné à l'heure du déjeuner pour l'informer qu'il n'arriverait sûrement pas avant vingt heures. Le temps de rentrer chez lui après le travail pour se préparer et, bien sûr, le temps de la route : au lieu d'une heure, comme habituellement, il lui faudra certainement une heure et demie de voiture, voire plus. Virginie lui a conseillé de prendre le train, mais il lui a répondu que ça irait.

Tous deux s'étaient perdus de vue après les années lycée. Ils se connaissent depuis leur petite enfance, ayant vécu dans le même immeuble, fréquenté la même école et le même collège, dans cette ville où vit toujours Paul. Tandis qu'elle a poursuivi ses études en lycée d'enseignement général, Paul a opté pour la filière technique.

Puis, Virginie a quitté la région, d'abord pour ses études supérieures, ayant ensuite déménagé trois fois entre région parisienne et Picardie, au gré d'emplois précaires. C'est peu après qu'elle s'est installée dans cette petite ville-préfecture (que peu de personnes, hors de cette région, sont aptes à situer sur une carte de France), que Paul, un beau jour de septembre, l'a appelée sur son lieu de travail. Aujourd'hui, il est tellement facile de retrouver quelqu'un. Virginie et Paul se sont alors revus et, passé l'évocation de souvenirs du temps de leur camaraderie juvénile, ils sont tombés assez naturellement dans les bras l'un de l'autre.

Voilà quelques mois qu'ils se retrouvent en fin de semaine, toujours chez Virginie. Ils ne savent pas vraiment s'ils sont amoureux ou s'ils sont restés amis tout en étant devenus amants.

Trois coups retentissent un peu avant vingt heures. Paul connaît le code de l'entrée de l'immeuble. Il monte directement au troisième étage par cet escalier sans âge qui fait souffrir la vieille voisine de Virginie. À la Toussaint, Paul, qui venait pour la cinquième ou sixième fois consécutive chez Virginie, s'était cru autorisé à entrer dans l'appartement sans frapper, s'exclamant en poussant la porte : « Coucou, c'est moi ! » Cette incursion n'avait pas été du goût de Virginie qui lui avait rappelé vertement qu'ici, c'était chez elle et que ce n'était pas parce qu'elle lui avait donné le code de l'entrée qu'il pouvait se dispenser de frapper et d'attendre la réponse. Il ne s'avisa pas de renouveler l'expérience.

« Entre, c'est ouvert ! » lance Virginie depuis la salle d'eau. Paul pousse la porte et s'introduit dans le petit salon de l'appartement. Virginie apparaît. Elle est vêtue d'un jean et d'un chemisier blanc par-dessus lequel elle porte un très beau châle en mohair que Paul ne lui connaît pas. Avant même qu'elle ne prononce un mot, Paul tend à Virginie un bouquet d'une douzaine de roses rouges qu'il ne pouvait, de toute façon, dissimuler derrière son dos. Virginie, interloquée, reste bouche bée et Paul profite de ce petit moment de flottement pour lui demander : « Sais-tu combien il y a de sex-shops dans cette ville ? » Pour seule réponse, Virginie fronce les sourcils tout en fixant Paul du regard. Celui-ci ne lui laisse pas le temps de dire quoi que ce soit : « J'ai regardé sur Internet. Il y en a six. Six pour une

ville d'à peine quatorze-mille habitants, tu imagines ! » Ces prémices plongent Virginie dans une profonde perplexité.
« — Eh oui, poursuit Paul, puisque les fleurs sont les organes sexuels des plantes, on peut considérer que les magasins de fleurs sont des sex-shops, non ? — Ah ! finit par lâcher Virginie, vu comme ça… Et, en quel honneur m'offres-tu ces organes sexuels ? Enfin, je veux dire, ces roses. Tu m'as comprise. — Mais c'est aujourd'hui la Saint-Valentin, Virginie ! — Ah ! Peut-être. Ça m'avait échappé. »

Pour la première fois depuis leurs retrouvailles, une sorte de distance embarrassée s'installe entre Virginie et Paul. Chacun essaie pourtant, tout au long du week-end, de retrouver la spontanéité habituelle, d'engager la conversation sur des sujets chers à l'autre ou familiers aux deux. Vaines tentatives ! Ça tombe toujours à plat ou à côté. Ce dimanche-là, Seul Paul fait la grasse matinée. Après un brunch peu loquace, Paul prétexte le mauvais temps pour prendre aussitôt la route du retour pourtant bien déneigée depuis vingt-quatre heures suite à un redoux spectaculaire.

Dans la semaine qui suit, Paul, aux commandes de sa voiture de fonction autonome, reçoit sur l'écran du tableau de bord un message de Virginie. « Inutile de venir le prochain week-end, je suis occupée. À bientôt. » Paul se dit que c'est un mauvais cap à franchir. Que le temps aidera. Il poursuit sa route, à nouveau absorbé par les mille problèmes auxquels il doit trouver des solutions sur la douzaine de chantiers qu'il dirige. Car Paul est conducteur de chantiers. Il a près d'une centaine de collaborateurs sous sa responsabilité. Collaborateurs, il ne peut pas prononcer ce mot sans que Virginie ne le reprenne. Il n'a jamais vraiment saisi pourquoi. Pas plus qu'il n'a compris que, si ce n'était sa maladresse de la Saint-Valentin, Virginie n'ait pas manifesté le moindre signe d'affection à son égard en retour de cette attention contenue dans les roses offertes ce soir-là. La rose n'est-elle pas la reine des fleurs ? N'y a-t-il pas plus belle preuve d'amour qu'un bouquet de roses, rouges de surcroît ? Et puis ils se connaissent depuis si longtemps. Depuis toujours, devrais-je dire.

Lundi 24 février 2025, sept heures. Paul a quitté très tôt son domicile pour un rendez-vous éloigné en début de matinée. Sur l'écran de sa voiture autonome s'affiche une dépêche du principal quotidien régional. La dépêche titre, avec photos à l'appui : « Six engins dont deux porteurs-bennes pulvérisés par explosifs sur un chantier. » Paul se gare, examine avec attention les clichés. Il n'a aucun doute. L'article rappelle que le chantier était destiné (projet sans précédent sous cette latitude en France) à la construction de plusieurs hectares de serres chauffées pour la culture intensive de roses, cette culture étant de plus en plus difficile au Kenya et en Éthiopie à cause, principalement, de l'assèchement des lacs.

Paul poursuit la lecture de l'article. Les enquêteurs ont pour seul indice ce qui ressemble bien à la signature du ou des auteurs : un bouquet de roses fanées accroché à la porte de l'un des bungalows de chantier.

MARIE-LAURE PETIT

DÉCLINAISONS

« Je m'appelle Éric, et là, je la veux, de toutes mes forces, sans même savoir ce qui va se passer, là, je la veux à vie, c'est dire. »

Je m'appelle Éric. Grand, brun, plutôt bien tourné : l'œil des femmes que je perçois dans les reflets des vitrines me le dit. Souvent.
J'en suis content, je fais avec, j'en joue, et j'aime.

Je m'appelle Éric et j'aime les jeux de regards. Je suis un as de la rencontre des yeux par vitrine interposée, et je peux vous dire que c'est un art qui exige patience, observation, pratique. Il faut savoir attendre, comprendre ce que dit une femme dans la façon dont elle s'avance, se déplace, puis savoir suivre chacune en étant devant elle et ajuster son pas si le jeu semble gagnant.

Je m'appelle Éric et, je le reconnais, je pratique beaucoup. En continu. Souvent, cela demande d'avoir choisi, au préalable, une bonne place en terrasse et de penser à payer la commande dès son arrivée pour pouvoir partir souplement. Le départ est provoqué juste par un regard glissant avec une pointe d'arrêt sur ma modeste personne. Évidemment, je sais sans en avoir l'air, sans avoir l'air de regarder, à qui je peux avoir affaire. Je me lève si cela me plaît. Quoique maintenir l'entraînement suppose parfois de ne pas choisir.

Ce qui compte vraiment, le fort du fort, ce que j'aime et qui me fait vibrer, c'est de dépasser d'un pas léger, ferme, sans être rapide, ne pas ralentir tout en restant juste devant, savoir que je ne suis pas reconnu (en général, toute personne normalement constituée est déjà passée à une autre pensée, je l'ai lu dans des livres de psychologie), puis, par coups d'œil ajustés, lancer des regards dans la vitrine. Souvent, fréquemment, les femmes regardent, se regardent dans les vitrines. Il leur arrive même de se réajuster, ce qui est parfaitement désagréable à voir et coupe tout désir. Croiser leur regard à ce moment précis les met dans un embarras très joli à regarder, l'air de rien, bien sûr. Glisser, toujours laisser glisser.

Mais là n'est pas le but ultime du jeu. Le mieux, ce pour quoi je mets autant d'efforts, cette expérience que j'ai acquise par volonté pure, c'est croiser le regard de la dame, au moment précis où elle-même regarde mon visage dans la vitrine. Le plus souvent, elle baisse les yeux puis les relève pour me revoir, parce que, bien sûr, j'attends. Comme vous le voyez, cela se compte en fractions de seconde. Un ajustement, je vous dis, un bel ajustement.

Cet instant est magique, j'en reçois à chaque fois un coup au sternum, l'instant précis où peut-être il y aura...

Je jouais donc l'autre jour à mon jeu favori, fort peu cher, bien évidemment, si l'on excepte le prix d'une consommation.

Elle n'avait rien d'extraordinaire, celle qui me regarda ce jour-là. Absolument rien. Et si je n'avais pas joué, j'aurais été bien incapable de la reconnaître.

Elle n'avait qu'un regard.

Elle m'a regardé, et, sans s'arrêter, sans même ralentir, j'ai cru qu'elle me tirait, m'enlevait à la force de son regard foncé et froncé sur ma personne. Toute sa tête, tournant au rythme des avancées de son corps pour pouvoir continuer à me voir, était concentrée sur moi.

Je n'ai vu que cela : deux yeux noirs et un regard direct, questionneur.

Alors je suis parti derrière, je connais la longueur des vitrines, je sais exactement où dépasser.

Je m'appelle Éric, plutôt bien fait de ma personne, enfin, j'ai des retours positifs, sur mes yeux surtout, noirs et « doux », m'a-t-on dit.
Son regard m'a plu, je voulais en savoir davantage, et surtout, ce que j'aime dans ma quête amoureuse infinie, c'est ce plaisir de voir le regard du désir. Comment dire : là, je fonds. Je fonds de désir moi-même. Je suis liquéfié au sens figuré du terme. Pour me liquéfier concrètement, je préfère attendre d'être à deux ou seul. La situation importe peu, c'est cet avant qui me plaît. Bref, donc je pars, parce que je voulais ressentir cet instant commun du désir.

Tout se passe parfaitement. Comme je vous l'ai dit, j'ai de l'expérience. Une expérience telle que je pourrais, si j'en avais le goût, ouvrir une école. Mais j'aime à me savoir unique, c'est mon orgueil.

Donc, ce moment du croisement du regard arrive : à ce moment précis, on se voit, réellement. Une fraction de seconde, vous dis-je, mais un désir qui soulèverait des montagnes.

Non seulement ce moment extraordinaire arrive – et notre arrêt simultané se prolonge au-delà de la seconde, le must, dirais-je – mais, en plus, brutalement, après m'avoir ainsi observé sourcils froncés et – je n'en doute pas un instant tant son regard était, et est encore concentré – avoir reconnu l'homme de la terrasse (j'aime ce mot d'homme, j'aime me penser en homme) elle me sourit. À cet instant seulement, je la regarde. En entier et en nature. Rien d'extraordinaire, non rien, enfin rien d'ordinaire non plus. Le regard est l'existence de cette femme. Elle est un regard, et, maigre ou grosse, grande ou petite, jeune ou vieille, tout disparaît derrière.

Donc on se regarde. Je pense « yep ! », ce qui est idiot, je le concède, mais c'est le jeu. Je pense toujours « yep » quand je réussis. Et là, j'ai réussi.

On se rapproche, elle me touche, en général je laisse faire. Ce qui est fort, c'est la force du désir des femmes. Et là, quand elle me touche, je sens ce désir du bout de ses doigts sur ma joue. Elle a un regard curieux, comme si elle voulait me reconnaître. Je me sens reconnu, presque aimé, cela fait un bien fou. J'ose dire que je ressens le coup de foudre. J'ai peine à comprendre lorsqu'on me parle de coup de foudre pour l'achat d'une maison, mais là, oui, je comprends. Quoique cette émotion immense, qui m'envahit, me semble totalement inadaptée à une maison.

Je la regarde, et là, maintenant, à cet instant seulement, je sais que je la reconnaîtrai. Même dans dix ans. Elle me plaît.

Je m'appelle Éric, et là, je la veux, de toutes mes forces, sans même savoir ce qui va se passer, là je la veux à vie, c'est dire. Une femme ordinaire. Même pas bien habillée, je vois un jean, un jean tout bête, type récup même, un tee-shirt vert sans marque, enfin pas connue en tout cas, des sandales basiques, ce que je n'avais pas remarqué par la démarche, pas maquillée, pas genre coiffeur ni bijoux.

Un quart de seconde pour faire le tour, et retour aux yeux, et là : flash !

Voilà, on s'est retrouvés à l'hôtel. Vite. C'était pressé. Avant même de commencer, je savais que je voudrais recommencer. Heureusement, cela ne m'a pas tétanisé. Vous savez, n'est-ce pas, des fois, la tension trop forte cela tétanise, entraîne des bégaiements et autres désagréments très très handicapants.

Là, non, pas du tout. J'ai été parfait. Vraiment, j'ai assuré. J'ai attendu, et je peux vous assurer que ce n'est pas si simple, mais vous le savez, tout le monde le sait, la mécanique corporelle est complexe : précoce, tardive, voire inexistante au moment opportun, bien plus complexe que de croiser des regards dans une vitrine.

Mais là, le top, le top, le top. Jamais réalisé. Et quand, alangui, j'ai enfin fini par parler un peu, puisque, comme vous le savez, nous les hommes on parle peu. Donc je tiens mon rang. je fais l'homme, comme la femme, je pense, fait la femme. Je lui demande de façon anodine, totalement désintéressée : « Et tu, euh... tu habites ici ? »

« Mais, bien sûr, me répond-elle, tu ne te souviens pas ? Il y a trois mois, enfin presque, nous étions déjà là, tu ne m'as pas reconnue ? Tu te souviens, tu m'avais donné rendez-vous au Trois-Ponts, j'ai attendu. Dis-moi, tu as été malade ? Non, n'est-ce pas ? a-t-elle poursuivi. Tu ne te

rappelles pas ? Je ne t'ai pas manqué ? Oh, cher (Cher, n'est-ce pas, pas chéri. Cher !) Oh, Cher, j'ai tellement attendu, je m'étais sentie si unique pour toi, j'avais tant envie de te revoir. Je suis revenue, de loin je t'ai observé, eh bien tu es un excellent joueur. Je ne t'ai pas dit, mais je classe mes amours plurielles. J'ai des grandes catégories, et des sous, et des sous-sous-catégories. Pour bien classer, souvent, il faut que je recommence. Au moins une fois. Donc après t'avoir précisément observé, j'ai tenté le recommencement. Mon jeu était beau, n'est-ce pas ? Bon, pour le reste, je suis désolée, mais je te classe dans les ratées, sans sous-catégories, c'est une corbeille. *Amours* ratées, je veux dire. Et c'est *histoires physiques* qu'il faut entendre. L'amour est au-delà du désir, n'est-ce pas, tu le sais. »
Et sur ces mots, dits en se rhabillant, elle est partie en fermant doucement la porte.

Je m'appelle Éric et je ne veux plus jouer.

ODYSSEUS KATSANVINTSET

CHAMP D'AMOUR

« Les ombres ont entièrement disparu, faisant place au noir contagieux qui digère nos corps refroidis… »

La longue chevelure rousse qui noie ton visage dans une ombre furtive jette sur l'herbe alentour un reflet flou – invitation lascive aux tremblements futurs… L'œil caché se devine dans le mouvement brisé de la mèche sanguine… L'autre œil ; iris bleuté – troublé, flottant – qui semble me demander quoi faire, se jette sur moi – fascinant, langoureux, insistant… Je sens venir le temps du renoncement… La chair luit sous le ciel bas, le corps frappé d'une lourde pluie, corps brillant, satiné ; vision décadente… Tes pieds blancs, piqués de grains vaporeux, forment une ponctuation charnelle qui invite à relire tes jambes ; jambes lisses, veloutées de peau diaphane que mes yeux caressent... Je livre à mon âme la folle déraison des sens... Ta bouche entrouverte mime un dernier soupir – attente fébrile du corps en apnée... Tes seins frissonnent sous la brise, légère, foisonnante des odeurs nacrées, portées par l'envie lascive... Je veux ton ventre – chrysalide soumise ; fleuve endormi attendant la tempête –, je veux ton ventre jusqu'au terme du voyage, finissant sur l'entrée interdite... La pluie arrête sa course violente, laissant en suspens les nuages noirs de mystères... La buée épaisse et âcre qui sort de ma bouche vient glisser le long de ta nuque – frêle enfer que je frôle de mes lèvres... La boue s'est formée entre nos peaux huileuses, son contact froid et visqueux réveille des sources érectiles... Le ciel – soudain percé d'une lumière évanescente – est témoin de nos ébats mortifères...

Le nez vissé dans ta crinière rouge ; d'une main tremblante, je parcours l'espace de chair du bas-ventre à ton cou... Un trouble vicieux – sudation dorsale – me tend et me ronge... Ce sang qui bat dans mes tempes ; le râle obscur que j'entends dans mes veines, vertiges nauséeux qui dirigent ma main vers la voie de la vie... Chair rosée, peaux ciselées pour mes doigts ruisselants... Mon corps se noie dans la tension du moment, perclus de soubresauts, pesant sur l'eau fangeuse et boueuse... J'aime, soudain, ce marais qui nous entoure, formé par l'eau ruisselante des pluies abondantes... Ma bouche se tord pour capter ton visage ; ouvre tes lèvres que je sente ta langue froide ! Tes joues sont pâles, mon amour, comme vidées de leur sang... Mes baisers sont le venin qui glisse sur l'ombre de tes pommettes blanchies... Mes doigts venimeux entrent en toi ; voyageurs troglodytes... Je ressens le besoin, l'envie de fusion... Je décolle ma peau striée des rigoles de boue formées par la pluie, et m'étends sur ton ventre rigide... L'animal furieux qui me lacère le cerveau bondit devant mes yeux rougis... J'abandonne le monde ancien, pour furieusement tendre mon sexe vers le néant...

Mes mains témoignent de la violence qui électrise chaque gémissement que je laisse échapper... Ton visage se tourne et se retourne, balbutiant le vide en direction de la terre humide... Chaque entrée dans ton corps abandonné libère les lumières vacillantes qui croupissaient au fond de mon âme malade... Me montent à la tête des chocs austères... Du sang en rafale, telle une armée de chevaux grotesques qui me piétinerait de l'intérieur... Des chevaux fous, labourant mes veines de mille sabots aiguisés... Ta vie n'existe plus ; ton corps est une enveloppe dans laquelle il faut remplacer l'air par la semence âcre et fétide... Tes cheveux, sous l'effet des coups nerveux de ma chair possédée, se lamentent, se couvrant des glaires échappées de ta gorge... Je sens venir la fin du voyage épileptique... Ton ventre ouvert est un autel terrifiant sur lequel je dépose tous mes chiens, toutes mes vipères écarlates... Je transpire du sang, des farceurs globuleux me fracassent les reins – provoquant des pulsions écœurantes que je ne maîtrise pas... La pluie acide redouble d'ardeur, frappant ta poitrine comme autant de pics acérés qui chercheraient à te transpercer – pluie qui foudroie mes épaules... Des spasmes organiques – essaim morbide de frelons ravageurs – montent jusqu'à ma tête et viennent se perdre dans l'infinité de mon être... Je jette un œil à ton visage livide et me vide entièrement entre tes jambes ouvertes...

Je reste ainsi... Longtemps allongé sur la douleur qui transperce le crépuscule naissant, crachant les derniers lombrics qui lustrent nos esprits vides... Je redresse ma carcasse démontée qui ruisselle du liquide boueux… Je scrute tes yeux… N'y vois que le feu éteint du sommeil catatonique, l'absurde délivrance… Mon pouls ne ralentit pas ; tremblements païens qui forment des crevasses de chair… Le silence est pesant, l'abandon temporel plante ses griffes angoissantes sur le monde qui se dresse autour… Mon chibre pendu n'est plus qu'un ver putréfié, vomissant ses derniers excréments sur tes cuisses bleuies… Je suis tout l'univers ; j'absorbe le temps et délivre lentement les souillures qui rongent les dieux comateux – l'absolu chronophage… Les ombres ont entièrement disparu, faisant place au noir contagieux qui digère nos corps refroidis… Je rejette ma tête en arrière, laissant le vent de nuit arracher la sueur puante qui glisse sur mon cou… Mon ventre, brûlé de l'intérieur – chaos de mélasses volcaniques – se détache dans la résonance du soir… Le fiel voluptueux me caresse le dos ; sensation libératrice… Je suis vide et moite, mon jouet détraqué reposant sur le sol humide…

Les pieds vissés dans la glaise, je glisse encore un peu mes doigts dans les pores béants de ta peau, léchant le sel sur tes bras charnus… Les plaies cautérisées sont lavées, sucées, vitrifiées, blanchies par le foutre inconscient… J'essuie des larmes de sang ; coule une perle écarlate – un jet de lune rougie... Je m'allonge alors un peu plus près de ton corps ; bruit de succion ; la boue éclate en paquets froids ; je laisse tomber mes mains sur tes seins ; je te serre, je te serre ; bruit de tempe, le sang tape : lourd, efficace ; fièvre lancinante ; le sang se bat... Je peux sentir le souffle, le vent venu des ténèbres, le vent brûlant qui s'étouffe, le vent violent de l'Armageddon... La sombre rumeur nécrophage déverse sa bile sur nos membres gémissants... Le cri que je pousse est celui des immortels, des anges pervers, fardés de pluies charbonneuses... Mes muscles se bandent sous le joug de l'ivresse ; mon âme entière s'étire dans une danse scabreuse qui n'en finit pas... La sueur épaisse qui me colle à ton flanc scintille comme une pluie d'étoiles, unissant tes hanches à ma chair adipeuse... Le soleil immonde a joui ses rayons lépreux entre tes lèvres... Je suis l'amour ancillaire, le chien ardent qui ronge les ventres osseux, le ver qui pénètre l'au-delà du plaisir, la bête incendiaire de Lautréamont – l'entrave absolue... Ma main s'enfonce dans l'aréole éclatée, pour prendre appui et dégager mon corps repu du terrain de jeu maudit... Je reste un temps accroupi, et caresse, une fois encore, ta face empourprée, griffée, lacérée... Je passe un doigt sur ton cou, traçant une ligne de sang sur le sillon profond laissé par le fil de nylon...

La nuit totale éclipse le monde des vivants... De l'autre côté de la route inondée, le temps n'existe plus, les corps n'existent plus... Tel un sac pourrissant, gisant dans des flaques d'eau fangeuse, tu t'enfonces lentement dans les entrailles de la terre... Tu ne seras plus que le cadavre trouvé au hasard d'une promenade, rongé par le temps... Lambeaux nauséabonds mêlés aux cheveux arrachés ; os blanchis par des becs de corbeaux... Tu étais l'amour vital, insouciante rousseur angélique ; l'anneau protecteur a été déchiré, transpercé... Une mère – quelque part – mêle ses larmes à mon foutre ; alchimie poisseuse qui nous unit à jamais, par-delà les frontières de nos vies... Une mère que je vois de mon antre sublime ; les cheveux rouges, luisant d'une lumière plus sombre, que je touche mentalement... Un ventre en attente qui te ressemble, mon amour ! Que je lécherai, et qui aura le goût de ta peau ; que je percerai d'une nouvelle jouissance... J'enfouirai ma langue au creux de sa nuque pour m'approcher un peu plus de ses souvenirs, de sa longue souffrance... Je creuserai sa tête inerte pour y découvrir tout l'amour qu'elle avait pour toi ; je mangerai sa bouche... J'étalerai la terre autour de nous pour mieux la couvrir de mes assauts... Ainsi, nos corps unis t'apparaîtront dans un prisme érotique, violé par les chiens schizophrènes... J'irai alors voir ta sœur pour enfin livrer au ciel un bouillon de chairs violacées...

OLIVIER GUEVAREC

Ma chère Amandine

« Nous, ce n'était que volupté. Loin des hommes. Loin du tourment des hommes. Mais pourquoi sont-ils venus jusque chez nous ? Jaloux. »

À Tulle, le 4 août 2019

Je t'écris appuyé au mur froid d'une grande maison. Tu vois, malgré cette chaleur caniculaire, je trouve à me mettre au frais. T'inquiète donc pas pour moi. Je dis cela, en même temps, je sais que tu ne t'inquiéteras pas. Insouciante que tu es. J'ai trouvé de quoi t'écrire. J'ai demandé à un homme qui passait par là une feuille de papier et un stylo. Il ne marche pas très bien ce stylo, mais je souffle dessus pour réchauffer son encre. J'espère que tu arriveras à me lire. Je sais bien que tu n'aimes pas cela, les lettres. Mais je t'écris tout de même. Comme si le papier était un médium qui me permettait de te parler. Ça me fait du bien. Parce que ça doit faire quinze jours qu'on ne s'est pas vus. Ça fait quinze jours. Je compte. Je fais des traits sur le mur froid, comme dans les films. Tu me manques. Puis tous les jours, je pense à toi. Tu me manques vraiment. C'est idiot, mais ce qui me vient à l'esprit, c'est ta frange, coupée net au-dessus de tes longs cils, perpétuellement maquillés. Maquillés, tes yeux. Oui, sous tes longs cils. C'est cela, je vois ta rousse chevelure subtile et légère tombant roide sur ton front. Quelle douceur ! Un fragment de ta peau, la rondeur d'une forme, l'amplitude de tes hanches... Tendres souvenirs. Il se dit ici que nous ne nous reverrons plus. Cette lettre sera donc la dernière, celle d'un adieu. Comprends que je n'y peux rien. Tu le sais que je n'y peux rien. Je me demande où tu es. Je n'ai pas d'information valable ici. On ne me dit rien. Il semblerait que tu sois du côté d'Uzerche, chez un jeune paysan qui a bien voulu t'accueillir. Je suis jaloux rien que de l'entendre. J'espère que tu te portes bien. J'espère qu'il s'occupe bien de toi. Ils ont dû te faire faire des tas d'examens, j'imagine. Ils veulent LA preuve. Enfin c'est ce que je comprends. Mais la preuve de quoi ? De l'immatériel ? Comment peuvent-ils prouver l'immatériel avec du matériel ? La réalité de notre relation ? Quand je dis réalité... Je n'ai rien caché des sentiments que j'avais et que j'ai encore. Mais je ne leur ai rien dit sur l'intime. L'intime reste l'intime. Pourtant, ils auraient bien voulu s'en délecter de notre intime. Ils sont démoniaques, pervers et cruels. Ils se repaissent de tout. Me poser les questions les plus vicieuses. Ils me posent toujours plus de questions, toujours de plus en plus vicieuses. Non, je n'ai rien caché de mes sentiments, de notre relation. Mais je n'ai pas tout raconté. J'ai préservé notre jardin, nos escapades, la folie de nos ébats, le fumé de nos caresses et le velouté de ta toison sous la rudesse de mes mains paysannes. Quand j'y repense, les larmes me viennent. Tu m'excuseras. Tu me connais. J'ai la larme facile. Je n'arrive pas à croire que tout est fini. C'est pourtant cela. Ça résonne dans ma tête : « C'est fini, monsieur Lastignac. Il va falloir maintenant vous expliquer devant le juge et le psychiatre. » Mais qu'ai-je fait de mal ? Personne n'a de réponse.

Hier, j'ai commencé à avoir mal au dos. La literie n'est pas bonne, ici. C'est très rudimentaire. Certes, il fait frais et c'est agréable ces temps-ci, mais la chambre est étroite et humide et la nourriture n'est pas bonne. Je n'ai pas trop de conversation.

Les surveillants sont affables et je suis seul dans ma cellule. J'espère que toi tu es libre. Il n'y a pas de raison. Je vois le soleil par une petite fenêtre. Je t'imagine gambadant dans les prés, sautillant comme une jouvencelle dans un rayon de l'astre tombant. C'est comme une photo dans ma tête, ou plutôt, c'est comme une vidéo. Qu'est-ce que tu es belle, douce, tendre, au milieu des fleurs, c'est le printemps, oui le printemps... Qui a donc pu dire que je t'ai fait du mal ? Je ne t'ai jamais fait de mal. Si tu pouvais, tu leur dirais, je suis sûr que tu leur dirais. Parce que je suis sûr que tu m'as aimé, que tu m'aimes encore, toi aussi, c'est sûr, je l'ai senti plus d'une fois dans ton œil brillant, dans les frémissements de ta croupe sous ma saillie. Une histoire d'ondes que personne ne comprendrait. Plus personne ne comprend ce genre de chose. Mais nul ne pourra nier la tendresse, tout de même ! La tendresse, bordel ! Ils ne pourront pas nier la tendresse ! Qu'a-t-elle vu enfin, cette garce de madame Cubac ? Elle raconte, elle raconte, mais qu'a-t-elle vu vraiment ? Elle qui est moche comme une truie et qui n'a même pas lu Le Petit Prince, qui n'a rien lu d'ailleurs. Salope ! « N'insultez pas madame Cubac, elle a fait ça pour vous... », qu'ils me disent, mielleux. Salope ! Mal baisée ! Encore une qui a fait profession d'aider les autres pour satisfaire sa propre perversion narcissique. Elle mouille de condescendance à chacune de ses paroles de bienveillance. Puanteur biblique !... Mais en attendant, elle, ils la croient. Moi, je suis l'abruti de service, le miséreux. Ma solitude m'a joué des tours. Je n'ai personne sur qui compter. C'est pour cela que je t'écris. Je crois que je n'ai plus que toi. Notre relation fut une prison, peut-être ? Non, de là où je suis, je peux dire que non. Nous, ce n'était que volupté. Loin des hommes. Loin du tourment des hommes. Mais pourquoi sont-ils venus jusque chez nous ? Jaloux. Ils étaient jaloux de notre petit bonheur. C'est la ferme qu'ils voulaient, la ferme. Le procureur m'a dit que je suis un marginal. Un marginal ? Et lui, dans son style, il n'est pas marginal ? Enfin, pas la peine de s'énerver. Il faut que je reste calme pour me défendre.

J'ai vu mon avocat hier. Selon lui, je suis la victime du changement de mœurs. Il dit que ce qui était contre nature avant est devenu tout à fait normal aujourd'hui, et que, de ce fait, il a fallu renforcer les limites repoussées de cette nouvelle normalité. C'est pour cela que la loi a changé en 2004 et que je me retrouve ici, en préventive et potentiellement condamnable. Je risque deux ans de prison selon la nouvelle loi. Avant elle, notre relation aurait été anormale, mais pas condamnable. On m'aurait simplement conseillé d'aller voir un psy. Mais qu'est-ce que je fous là ? Oui, c'est cela, je suis une victime, en fait. Mon avocat me dit que j'ai de fortes chances d'être acquitté parce qu'il va être difficile de prouver la maltraitance et plus encore le non-consentement... Comme si la question se posait... Et tes meuglements joyeux quand j'arrivais le soir dans l'étable et que, dès que je posais le petit tabouret de traite entre tes postérieurs, tu tournais ta tête malicieuse et soulevais ta queue dans un voluptueux mouvement de croupe en courbant l'échine, gourmande, ce n'était pas du consentement, ça ? Et le parfum de ton corps soupirant, tout fumant dans le froid de l'hiver, exhalant des volutes de phéromones printanières, ce n'était pas clairement un oui, ça aussi ? Ils devraient le savoir, ça, les fins limiers. Eh bien non, pour mon avocat, tout cela ne fait pas preuve. Mais qu'est-ce qu'ils y connaissent à la langue bovine, ces cons ? Putain, mais ils croient tout savoir parce qu'ils ont fait véto, droit, psycho, socio...

J'essaye de me calmer, Amandine, j'essaye de me calmer...

Mais putain de loi de 2004. Perben 2. Code rural.

Mais rien ne raconte rien sur l'amour, là-dedans... « Selon le témoignage de Mme Cubac, assistante sociale à Masseret, ayant assisté à la scène alors qu'elle passait faire une visite inopinée le 20 juillet 2019 vers 21 heures à votre domicile, elle vous a vu commettre des sévices sexuels sur un bovidé, jeune génisse de race limousine immatriculée 7512... » Voilà comment ils parlent. Sans âme, ils sont sans âme ! Mais depuis quand faire l'amour est-il sévices ? Ils disent que ça n'existe pas, faire l'amour avec une vache. Ils auraient pu, au moins, t'appeler par ton prénom...

Voilà, ça recommence, je pleure... Excuse-moi... Ça va faire des taches...

Finalement, dans cette histoire, il y a quand même un truc rigolo. Mon avocat m'a appris hier que j'étais soutenu, à la capitale, par un collectif de végans. Un groupe extrémiste, ou précurseur, qui défend le mariage pour tous dans leur vision élargie d'antispécistes. Incroyable, non ? Moi qui ai fabriqué toute ma vie des biftecks sur pattes, me voilà défendu par des végans ! Ce monde change. Ce monde est étrange. Je n'y comprends plus rien. Reste mon amour...

Ton Gérard

ODYSSEUS KATSANVINTSET
MARIE-LAURE PETIT
OLIVIER GUEVAREC
BRICE GAUTHIER
OD.K

Tant que l'on crèvera d'ennui

« Une allégresse divine emplissait l'espace-temps, lente et délicatement moite, odeur de menthe aquatique, colchiques fleuris aux herbes folles et parfum d'un vent léger, très léger, souple, langoureux, caressant, pénétrant... »

1

Des heures durant – suite aux pluies abondantes de l'automne –, les odeurs de pourrissement emplissent les rues pavées de la ville, soulevant le cœur des quelques irréductibles bravant les nuages bas remplis de dioxyde de carbone ; il reste encore – les jours suivants – des volutes nauséabondes incrustées dans l'eau fangeuse des bordures de trottoirs. Des flaques huileuses et spongieuses – mélasses grisées reflétant les arcs-en-ciel pétrolifères.

Zolde s'en fout ! Il marche à une allure soutenue, les pieds chaussés de bottes en caoutchouc bon marché, fracassant de son pas lourd les molécules d'eau insalubres qui finissent projetées sur les murs blancs des maisons bourgeoises qui s'égrènent le long du parcours. Il rentre chez lui, dans l'appartement que le nouveau ministère nationaliste des Populations à Risque Politique lui a fourni. Le quartier qu'il traverse est semblable à celui qu'il connaissait à Nevers, dont il se souvient vaguement les propriétaires : notaires, médecins et autres architectes à qui il distribuait le courrier lors de ses petits boulots de facteur. Courrier d'une densité inversement proportionnelle à la taille ridicule des boîtes aux lettres. Plus ils étaient riches, plus elles étaient petites...

Nevers... Facteur, puis livreur ; livreur puis chômeur en Travail d'Intérêt Supérieur... Seul au sein d'une petite ville oubliée, condensé de culs-bénits, de bons bourgeois à l'ancienne et de l'élite des premiers identitaires maintenant à la retraite. La nouvelle garde du « centre fasciste » a, depuis, pris le pouvoir.

Il se souvenait le ventre gonflé de cet homme, attendant devant sa porte ; la posture menaçante et l'air condescendant ; arborant fièrement une montre de luxe pour lui signifier son retard avant de lui adresser sa litanie réactionnaire sur la lenteur de la poste et la déliquescence de ses services... « Connard », pensa Zolde. Mais il avait baissé la tête et avait poursuivi sa route.

Ce travail lui avait bien plu, finalement. C'était en janvier ou en février, il ne se souvient plus très bien ni du mois ni de l'année ; mais c'était pour deux semaines. Il se rappelle par contre le froid qui lui torturait les mains lors de cette matinée de distribution. Le vélo d'un jaune passé, trop petit pour lui, et une énorme sacoche remplie de lettres, de courriers recommandés ou même de cette enveloppe surgonflée par l'argent liquide – « mandat cash » – destinée à cette vieille dame bien trop confiante. Dans les petites rues du quartier de la cathédrale de Nevers ; dédale de pavés et d'anciennes demeures bourgeoises, dont les cours intérieures étaient envahies par les BMW et autres Mercedes...

Il se souvient très bien de ce jour-là et de cette femme, dans un petit appartement sous les combles d'un immeuble de trois étages, habité en dessous par un notaire et sa famille.

Zolde déposa son vélo jaune en équilibre, le guidon reposant sur le 4x4 BMW du notaire. Il prit l'enveloppe contenant l'argent (il y avait combien ? Quatre mille ou cinq mille euros-francs ?) et la glissa dans la poche intérieure de son blouson (non sans avoir d'abord retiré les mégots de Lucky Strike qui s'y trouvaient). Avant d'atteindre l'escalier en colimaçon qui menait dans les combles, il passa devant la porte donnant sur l'appartement du notaire – deux niveaux d'environ cent-cinquante mètres carrés chacun. Même immeuble, conditions différentes…

La femme qui lui ouvrit pouvait avoir entre soixante-dix et... cent-dix ans ; d'une taille incroyable ; bien plus grande que Zolde. Elle avait le haut du dos voûté, mais il lui semblait impossible de déterminer si c'était à cause de son âge ou tout simplement pour éviter de se fracasser la tête sur les poutres de la sous-pente de toit. Vêtue d'une robe à manches courtes, elle fumait une cigarette menthol en scrutant le postier à travers une grosse paire de lunettes vermillon et pailletée. Zolde pu apercevoir un tatouage sur l'avant-bras de la vieille femme : un sexe ! Un sexe masculin en érection dont le gland était glissé dans la lunette d'une guillotine ! Une putain de verge turgescente prête à être découpée sur l'avant-bras de la grand-mère !

Elle le fit entrer. Le chaos de l'appartement rappelait à Zolde son propre taudis. Des sacs en papier, jaunis par la sauce mayonnaise des kebabs suintants qui devaient s'y trouver, posés en vrac sur une sorte de plan de travail en teck dans ce qui devait servir de cuisine ; un cendrier plein, traînant sur un ancien touret de câble qui devait faire office de table basse, avec des restes de soupe collés à une assiette creuse... Et de la poussière, partout, qui semblait émaner de la vieille elle-même !

Mais cette femme ! Cette femme et son improbable tatouage ! Le visage marqué, telle la reproduction exacte d'une peinture au couteau, ridée à la lame de rasoir ; tout était chez elle à la fois force et souffrance. Des yeux gris comme la poussière qu'elle semblait vouloir évacuer de son corps. Des cheveux blancs, hirsutes, encore longs et secs comme la terre du Lot un week-end de juillet 2003.

Lorsque Zolde tira l'enveloppe pleine d'argent de sa poche et qu'elle tendit les bras pour la récupérer, il crut d'abord qu'elle voulait l'engloutir lui aussi. Ses longs bras, dont la peau pendait comme du linge en plein vent, lui firent l'effet de tentacules gluants appartenant à quelque monstre mythique, ou à des pinces de crabes géants. Il recula le plus qu'il le put et tendit l'argent. La vieille femme scruta longuement l'enveloppe et sembla un temps suspendue au-delà de toute chose visible, comme tentant de se rapprocher d'un souvenir, d'une pensée essentielle qui venait de s'évanouir... « Elle se rappelle qu'elle n'est pas un poulpe géant et ça la surprend », pensa Zolde.

Elle retira ses lunettes. Une ombre passa sur ses pupilles, qui fixèrent instantanément quelques congères glacées sur le cœur et le cerveau de Zolde. Puis ses lèvres semblèrent vouloir se décoller, mais il n'en fut rien. Le regard de la femme se fit plus doux, elle inspira lentement et finit par prendre l'enveloppe qu'il continuait de tendre à bout de bras.

« — Il faut que je recompte ?

— Faites-le, madame, s'il vous plaît. »

Il y avait 5 870 euros-francs dans le papier kraft. Des grosses coupures. Zolde n'avait jamais été très courageux, et imaginer que n'importe lequel des enfoirés qui traînait avec lui le samedi soir du côté du Donald's Pub aurait pu apprendre ce qu'il transportait, le rendait malade. Cette vieille était folle ! Ou alors... Parce que, d'un autre côté...

Il pensait qu'il fallait être sacrément atteint pour oser s'attaquer à cette créature sans âge !

Après être redescendu jusqu'à la cour où il avait laissé son vélo, il s'alluma une cigarette et attendit que les battements de son cœur retrouvent une cadence normale. Il se rappellerait longtemps cette rencontre. Il mettrait du temps avant de tomber sur le minuscule rouleau, composé de quelques feuillets manuscrits, qu'elle glissa dans la poche de son blouson de cuir au moment de partir... Blouson qu'il rangea le soir même au fond d'une vieille malle, qu'il ne rouvrira que quelques années plus tard...

2

Au fond d'une vieille malle. Oubliée... tant les événements s'étaient enchaînés, déchaînés, ces quatre dernières années. Lui, sa résistance, c'était – et c'est toujours – continuer comme si de rien n'était. Pas très grand mais dense, Zolde a dans les yeux la force de sa placidité et dans les muscles et la tête la plasticité à s'adapter sans renier jamais ses désirs simples de survie. Pas grand-chose d'extraordinaire d'ailleurs quand on y pense. Juste voir qui il veut, pouvoir dire quand il veut, les mots « non » et « oui » et ce, haut et fort. Faire les fêtes comme il les aime et pouvoir choisir ses rêves. En clair ne pas crever d'ennui sous la monotonie de l'uniformisation ambiante. C'était trop pour ces hauts dignitaires, jeunes et propres, dynamiques et mécaniques, qui ont remplacé les vieux briscards de l'identité refermée sur soi des débuts du régime.

Zolde et tous les dénommés « à risque politique », car « pourris d'idées contraires » que le régime définit comme « idées contre » ; contre le régime, le peuple, la bienséance, la normalité humaine définie et réglementée. Bref, Zolde et tous les autres ont été tracés et traqués, leurs repaires repérés, tout écart aux nouveaux règlements, édicté, collecté, relevé, noté, enregistré. Zolde, depuis quatre ans, a beaucoup déménagé pour respirer le temps du changement d'air.

Puis, il y a six mois, lui et les autres ont été « assignés à résidence pour une durée indéterminée ». Dispersés sur tout le territoire. Chacun a reçu son assignation. Avant de partir Zolde s'est amusé à réexaminer, relire, reprendre les restes accumulés de sa vie et, l'un produisant l'autre, revivre en esprit et éclats de rire soudains et tonitruants, quelques moments du passé sortis d'images, de vêtements, de textes, de rien. Sans nostalgie. Ce n'est pas son genre. Il est dans son temps, même s'il le rêverait autrement.

Comme à son habitude, une fois décidé, il a été précis et minutieux. Son deux pièces était un bazar organisé et compréhensible de lui seul. Il a fallu élaguer : le moindre détail de ses bagages serait fouillé et sanctionné. Il a pris du temps pour redécouvrir ses trésors de vie. Ouvrant des boîtes de toute matière, forme et taille, retournant les chaussettes, fouillant les poches. Et c'est ainsi que dans un sac fermé, dans la vieille malle, il a ressorti un vieux blouson de cuir, un peu sec et rêche de ce temps passé sans air et sans gras, et, de la poche gauche, sous un mouchoir plié, a tiré le minuscule rouleau de papier. Il lui a renvoyé immédiatement en plein nez et dans la mémoire de ses yeux, le personnage de cette vieille, son tatouage assumé, les bras qui manquaient de pinces à linge, et sa tignasse blanche jetant dans l'air la poussière grise qui allait briller dans la lumière de la fenêtre et dont l'odeur se mélangeait au menthol de la cigarette.

Le souvenir du tatouage l'a fait tellement rire que, curieux, il l'a déroulé. De toute façon il l'aurait déroulé. Une trace est une trace, autant savoir laquelle :

« Été, hiver,
L'arbre décharné, effeuillé à jamais,
Lance dans le froid de la chaleur estivale
Ses branches mortes et tordues qui montent,
Fières, à l'assaut des nuages.
Les oiseaux libres chanteurs se posent,
Haut ou bas selon l'air du temps,
Si petits et ordinaires qu'on ne les voit jamais
Se glisser vivement dans les cavités sombres.
Le tronc creux de l'arbre perdu
Est et reste
Invisible à ceux dont le regard
Ne perce pas le lointain de l'air. »

Le texte lui plaisait. Il restait du temps avant le départ pour la résidence, il pouvait l'apprendre par cœur – d'ailleurs il le savait déjà, son oreille lui avait mis quelque musique au fond –, ce pourrait être un chant, il suffisait de le continuer. Il ne voyait pas le sous-entendu dans les interstices de la prose pour le moment, mais il était bien sûr qu'il y en avait un. Sinon pourquoi avoir glissé ce bout de papier dans sa poche ? Juste pour que son écriture existe pour un autre qu'elle même ? C'était possible.

La vieille pouvait être comme tous ceux qui aimaient inventer de l'émotion et la partager pour qu'elle dure. C'est courant l'envie de montrer. Mais là, non ! Pas comme ça, pas donné sans même un sourire ni un mot. En cachette. Il ne s'en était même pas rendu compte, avait juste ressenti un effleurement, qui, à l'époque, l'avait fait sursauter. Elle n'avait pu deviner que le blouson, pour une raison dont il ne se souvenait plus, serait mis en malle le soir même. Le souvenir de ce regard, qui l'avait glacé, lui revint à l'esprit. Comme s'il était inscrit dans ses noirceurs mêmes. Cela avait été le temps d'un instant et, là, au milieu du fatras des objets et papiers, le rouleau à la main, il le ressentait de nouveau. Le regard était passé aussi vite qu'il était venu. Et si elle reconnaissait ses semblables, si elle était comme lui et les autres ? Lui, pouvait se tromper, oui, mais il écarta l'idée que, elle, aurait voulu le tromper.

Il avait repéré – ces temps de surveillance aiguë le rendaient instinctivement plus alerte – un vieil arbre qui n'était pas très loin. Il avait le temps d'aller voir avant le départ, zoner. Une fête de départ, tiens. Ça allait les agacer. Ils allaient surveiller. Mais Zolde et ses semblables étaient devenus maîtres dans l'art de la dissimulation. Un principe : bien montrer ce qu'on veut cacher.

Il en a parlé le soir même aux autres : La Tasse et Café et aussi La Pouet. Ensuite la mèche d'infos avait fait feu, et c'est ainsi que l'avant veille du départ, il y avait maintenant plus de six mois, la troupe s'était retrouvée par hasard à la lisière d'un bois pour un déchaînement festif inorganisé. Là, selon le signal donné par Zolde, ils étaient entrés en braillant, éructants des chants interdits et dansant comme des morts de faim pendant des heures. Puis, épuisés, éclatés de rire, ils finirent par s'adosser au pied d'un énorme chêne mort et creux.

3

La Tasse avait drôlement tisé sur « le Mazout ». Il pionçait comme un bienheureux, bouche ouverte et râle aussi guttural que vaporeux. C'est que le Mazout, ce n'était pas de la tisane, et lui avait un peu molli du côté capacité à absorber des liquides « pouvant provoquer momentanément un état d'ébriété ». C'est comme cela que le ministère public nommait – depuis le Grenelle de la bonne santé – toute boisson un peu fermentée, tel le Mazout, boisson interdite d'une vieille recette de distillation héritée de temps immémoriaux. Un alambic de contrebande avait été retrouvé dans une cave de la rue des Charmes, dans la zone blanche, par hasard, sous une tonne de poussière. Évacué vers la zone noire, nettoyé, rafistolé et confié à des mains expertes, il avait repris vie. Et le bougre donnait de bons résultats. Le savoir-faire ne s'était pas perdu. Les chamboulements politiques de ces dernières années n'avaient pas ébranlé les bonnes mœurs de la convivialité des plus anarcho-conservateurs. Quelques vieux paysans-lascars avaient sauvé la science du breuvage. Le plus compliqué finalement était de mettre quelque chose dans le gosier du distillateur. Il fallait se lever de bonne heure pour trouver trace de production fruitière à des kilomètres à la ronde. C'est ainsi que quelques aventuriers avaient trouvé que, finalement, toute matière organique ou presque produisait du moût et, par voie de tubulures serpentines, un distillat, plus ou moins digeste mais toujours enivrant. L'essence de l'art avait été ainsi sauve et accessible aux plus prolétaires. La faute finalement à la nouvelle prohibition, dite « bienveillante », s'il y avait tant de saloperies dans la composition du breuvage des pauvres gens.

Zolde avait identifié depuis longtemps la limite. La fameuse. Celle au-delà de laquelle tout bascule. Le moment où il faut boire de l'eau, tout simplement. Là, il était bien, juste bien... Dans une atmosphère douce, étrangement douce pour la saison. Même si depuis bien longtemps tout le monde s'accordait à dire qu'il n'y avait plus de saisons. Une allégresse divine emplissait l'espace-temps, lente et délicatement moite, odeur de menthe aquatique, colchiques fleuris aux herbes folles et parfum d'un vent léger, très léger, souple, langoureux, caressant, pénétrant...

Certes il y avait les effets du Mazout, de la course débridée dans la plaine, des cris exubérants, de l'effervescence animale des retrouvailles, mais c'était encore autre chose. Un truc impalpable, un truc peut-être qui rayonnait de ce vieux chêne aux contours perdus dans l'immensité de sa circonférence rugueuse. Zolde s'y était affalé comme un sac. Détendu. Apaisé. Presque rêveur. Il contemplait le temps. Celui qui passe. Suspendu... Il avait souvent rêvé d'un soir d'automne, d'un croissant de lune flamboyant, de mille étoiles au noir absolu, d'un univers sans fin, un moment finalement comme celui-là, loin du tumulte de l'agitation inhumaine et technico-bestiale de ses congénères occupés à richement vivre.

Et puis surtout... Seul... seul avec La Pouet. C'était surtout cela... Seul avec La Pouet... Ah

La Pouet ! Dès les premiers instants de leur rencontre, dix années auparavant, il avait senti pour elle une attirance folle, viscérale, incontrôlable. Sa façon de se mouvoir, sa voix, son sourire, sa manière bien à elle de l'appeler « mon limaçon », sa démarche, ses jolis pieds nus dans la boue immonde des caniveaux irisés, sa chevelure fauve, débridée, hirsute, sa boucle d'oreille orpheline se balançant au bout de son oreille ciselée, ses mains longues et fines souvent enduites d'une crasse divine logée subtilement sous des ongles mi-longs, sa poitrine suggérée aux travers de haillons des plus mal seyants, et puis ses yeux trop bleus qui le plongeaient dans des abysses d'océans inconnus… « Eh mon limaçon ! T'es avec nous ? » Plus d'une fois il s'était perdu, hagard, dans la profondeur de son regard. Là, ce soir, elle s'était assise à côté de lui, adossée négligemment au vieux chêne, le souffle un peu court d'une course un peu folle, rire aux lèvres, jambes écartées. Sa peau dégageait une tiédeur irradiante. Zolde était pétrifié.

« — T'aurais pas un peu de tabac de l'ancien temps, mon limaçon ? J'suis trop bien là. T'as vu ce ciel ? Magique, non ? Ça fait combien de

temps qu'on n'a pas vu un ciel aussi lumineusement sombre ? Incroyable ! T'as vu ? »
Zolde, quand elle se mettait à faire dans l'oxymore poétique, sombrait corps et âme comme lorsqu'il se perdait dans l'océan de son regard. Du phytoplancton, il devenait du phytoplancton pour baleine à fanons... Tout simplement.

« — Oui, bien sûr je dois en avoir quelques brins encore dans la poche de mon veston... Voilà, enfin, ce sont plutôt des miettes, mais on va s'en rouler une petite tranquille. T'as raison, il fait vraiment belle nuit noire et j'ai jamais vu autant d'étoiles dans un ciel. »

Il était fébrile. Ses mains tremblaient. Elles faisaient sautiller les miettes d'un tabac trop sec dans la fine feuille d'un OCB old school comme un trampoline miniature d'instants surannés.

« — Allez, laisse, mon limaçon... T'as trop picolé. T'as les doigts gourds. J'vais rouler la tige. J'ai plus de dextérité dans mes pinceaux que dans tes gros bigorneaux. Puis l'alcool ça ne me fait pas avoir la danse, moi, ça me donne chaud ! T'as pas chaud, toi ?

— Non, ça va. »

Il l'avait bien sentie, sa chaleur. Il l'avait bien sentie. Elle approcha sa main. Il approcha la clope en élaboration. Elle effleura sa main. Un frisson lui parcourut le corps. Chaud. La fièvre, en somme. Zolde vacilla d'un coup... Lente pluie de tabac en paillettes... Vole et virevolte une petite feuille fine, blanche évanescence aérienne dans l'obscure... Les mains s'agitent, elles tentent de retenir le chaos. Elles l'accentuent. Et s'effleurant, se touchant, s'agrippant l'une à l'autre, se meuvent désordonnées et d'un mouvement paradoxalement romanesque se muent lascivement en caresses. Zolde se laisse aller à l'inclinaison de son inclination. Il bascule onctueusement sur elle. Elle, elle ne le retient pas. Elle l'accueille même dans cet abandon. Un corps-à-corps. Le peu de tissu qui séparait les chairs s'évapore comme par magie dans l'atmosphère. Dialogue de peaux. Pas en reste, les lèvres s'accrochent dans des jeux de langues serpentines. Zolde maintenant remonte lentement une longue série de côtes charnelles jusqu'à la naissance d'un rebond gracieux et doux qu'il enveloppe fébrilement, touchant furtivement la pointe d'un téton érectile... D'autres mains hardies, dans un désordre insensé, courent avides aux quatre continents de la chair, grimpant des abruptes dantesques de corps caverneux, descendant dans des replats boisés jusqu'à de sombres et chaleureux valons, s'égarant dans des replis suaves et sauvages, se prélassant parfois dans des creux moites et alléchants et s'attardant longuement à des rotondités girondes et gourmandes. Un monde s'ouvre. Un continent entier est à la dérive. Une étrange subduction éveille un volcan qui, depuis si longtemps éteint, s'étreindrait bien présentement d'un sanguin désir sous les déhanchements croisés de peaux moites dans la lumière excitante d'une lune gourgandine. Un rossignol s'égosille à quelques harmonies. Le monde est tout petit, tout petit, tout petit, une bulle... Et des images défilent dans la tête de Zolde... Putain de vieille !... Mais putain de vieille ! Il n'arrive pas à la zapper. Merde ! Bras de poulpe aux draps de peau battant aux quatre vents et bite turgescente dans la lumière d'une guillotine sur un avant-bras gras, poussiéreux et poilu... Merde ! Putain de vieille ! Voilà le braquemart comme peau de chagrin après trente mille désirs...

« — Bah alors, mon limaçon, je ne te fais pas bander ? Toute façon, j'avais pas vraiment envie moi non plus. Je ne sais pas ce qu'ils foutent dans le Mazout nouveau, mais ça fait perdre la tête. On a failli faire une belle connerie ! Heureusement que t'as la mécanique subtile, toi ! Allez, viens, rhabillons-nous et rentrons... »

4

Zolde se releva et lentement se rhabilla. Il était plein de colère et voir La Pouet se rhabiller elle aussi ne le calmait pas, loin de là.

« — Allez mon limaçon, fais pas la tronche. C'était pas une bonne idée. On va finir la boutanche en fumant une clope », lui dit-elle, affable. Et elle lui caressa l'épaule, en souriant.

C'est vrai qu'il restait un fond de bouteille et quelques brins de tabac et c'était bien ce qu'ils avaient de mieux à faire, pensa-t-il. En plus, La Pouet n'était pour rien dans sa débandade. C'est le souvenir de la vieille qui lui avait pourri son étreinte. Alors il acquiesça et se rassit avec une grimace qui se voulait un sourire.

Putain de vieille ! Il n'arrivait toujours pas à se débarrasser de son image. Tout ce temps à désirer La Pouet en silence et cette vision hideuse qui venait tout casser juste au moment où ses souhaits les plus intimes allaient se réaliser. Et maintenant c'était foutu… Demain c'était le déménagement pour l'assignation à résidence, la séparation à durée indéterminée.

Il faillit tout raconter à La Pouet, puis se ravisa à la dernière minute. L'histoire de cette vieille était trop louche. Tous ces euros-francs arrivés par la poste et les plans et ce poème laissés dans sa poche. Largement de quoi déclencher des tas de questions de la Police politique de proximité. Moins de monde serait au courant, plus il serait en sécurité, et les autres aussi d'ailleurs.

Il se remémora alors le poème. La Pouet lui parlait mais il n'écoutait plus : « ... Le tronc creux de l'arbre perdu / **Est** le reste. / Invisible pour ceux dont le regard ne perce pas le lointain de l'air... » Le reste ? Quel reste ? Et le lointain de l'air ! C'est quoi le lointain de l'air ? Putain de vieille ! Et il se répétait ces quelques vers qui se mirent à résonner comme un mantra. Il se vit alors, loqueteux, amoureux, assis au pied du vieux chêne avec la femme dont il rêvait depuis si longtemps. Il regardait ce triste spectacle d'au-dessus : présent et absent. Le Mazout avait-il été coupé au LSD ?

« Le tronc creux de l'arbre perdu... » Il se leva alors et fit le tour du chêne à la recherche de quelque orifice. De l'autre côté, à hauteur d'épaule, un énorme trou béait, entouré de boursouflures. Rien d'invisible.

Sans même réfléchir, il y plongea le bras jusqu'à l'épaule. L'intérieur était chaud, brûlant, et sa main devint torche. Pourtant il ne ressentit nulle peur, même pas le désir de retirer sa main avant d'avoir exploré ce trou dans ses moindres recoins. Il palpait soigneusement les parois. Le bois s'effritait sous ses ongles. La brûlure s'intensifiait et remontait le long de son bras. Il pensa que le Mazout était une vraie saloperie et poursuivit son exploration. Tout au fond, il découvrit une petite bille. Tout son bras était en feu mais il avait trouvé. Il sortit alors précipitamment sa précieuse découverte. Sous la lumière de la lune, il découvrit un gland au creux de sa main meurtrie et la douleur prit le dessus. Il cria.

La Pouet accourut. Il regardait sa main, la montrait à La Pouet. Lentement, la douleur s'estom-

pait mais sa main n'en portait pas le moindre stigmate, pas même une vague rougeur. Il la retourna, le gland rejoignit ses frères au sol et le dos de la main était aussi bêtement normal que la paume. Une minuscule araignée remonta le long de sa manche de chemise.
La Pouet le regardait bizarrement.

« — Il est dans quel délire, mon limaçon ? »

Il jura que l'arbre l'avait torturé. D'abord elle rit, puis fut prise d'un doute, Zolde n'avait pas pour habitude de faire des plans à la con, même torché au Mazout et c'est pour ça qu'elle l'aimait bien.

Elle décida alors de tester ce fichu chêne et plongea à son tour le bras dans le trou. L'intérieur était tiède, vaguement spongieux, vaguement répugnant, mais rien ne se passa. Elle s'accorda une longue minute le bras dans le trou, espérant ressentir au moins un échauffement anormal mais il continua de ne rien se passer. Alors très lentement elle ressortit son bras. Il y avait de la méfiance dans son regard lorsque ses yeux se posèrent sur Zolde. Il en fut tellement consterné qu'elle dut le sentir et le prit tendrement dans ses bras.

« — Allez mon limaçon, t'as dû vraiment abuser du Mazout ce soir. Pas grave, demain il fera jour et moi aussi j'suis vraiment pompette. Ça va être dur de ramper jusqu'à mon pieu. J'pourrais pas squatter chez toi ? »

Zolde ne s'emballa pas. Souvent elle squattait chez lui et il savait ce que ça voulait dire : juste dormir à ses côtés. Mais, au moins, ils s'endormiraient l'un contre l'autre et ce soir il avait besoin de tendresse. Son bras le brûlait toujours.

Ils rentrèrent en zigzaguant dans le cagibi qui tenait lieu de chambre à Zolde. Puis, à peine arrivés, La Pouet s'allongea et s'endormit dans la foulée.

Zolde la regardait ronfler. Il sentit la nostalgie l'envahir et eut envie de pleurer. Il se déshabilla et observa longuement son bras endolori : un bras exactement semblable à son autre bras. Perchée au sommet du tas de fringues, la petite araignée de tout à l'heure semblait rigoler. Il s'allongea tout contre La Pouet. C'était bon de sentir son corps chaud contre le sien et très vite il sombra dans un sommeil peuplé de rêves étranges.

Il discutait avec un mâle. Qui s'appelait Arrg. Et que ce fût un mâle araignée ne le troublait pas.

« — Toutes vos poudres, vos gaz et autres armes de destruction massive nous foutent dans la merde. Non seulement elles ravagent parfois des colonies entières, mais, plus grave encore, elles pourrissent notre bouffe. Un moustique dopé à ces saloperies peut nous faire avoir des œufs difformes, non arachnides. Des handicapés naissent par milliers et meurent à peine éclos. Tu peux faire quoi pour arrêter ce massacre ? »

Le plus sérieusement du monde, Zolde se défendait d'utiliser des pesticides ; de toute manière, il n'avait pas les thunes pour en acheter.

« — Vous êtes vraiment cons, reprit Arrg. Qui vous débarrasse des moustiques, hein ? Les hirondelles et nous, et vous nous tuez. Alors moins d'hirondelles, j'ai rien contre, elles nous bouffent aussi, mais la malaria, c'est vous qui la chopez. Viens voir, les œufs d'Angie vont éclore. Tu vas voir la cata. »

Des centaines d'œufs étaient en train d'éclore et en sortaient de minuscules bestioles. Toutes avaient huit pattes et la tête de Zolde.

Il se réveilla en sueur. La Pouet était partie, et, sur le tas de fringues, la petite araignée l'observait. Il se leva la tête lourde, fit doucement glisser la petite bête dans la poche de sa chemise et s'habilla. Il était prêt pour l'assignation à n'importe quelle résidence.

5

... Des heures durant, donc – suite aux pluies abondantes de l'automne –, les odeurs de pourrissement emplissent les rues pavées de la ville, soulevant le cœur des quelques irréductibles bravant les nuages bas remplis de dioxyde de carbone ; il reste encore – les jours suivants – des volutes nauséabondes incrustées dans l'eau fangeuse des bordures de trottoirs. Des flaques huileuses et spongieuses – mélasses grisées reflétant les arcs-en-ciel pétrolifères.

Zolde s'en fout ! Il marche à une allure soutenue, les pieds chaussés de bottes en caoutchouc bon marché, fracassant de son pas lourd les molécules d'eau insalubre qui finissent projetées sur les murs blancs des maisons bourgeoises qui s'égrènent le long du parcours. La tour de vingt-deux étages lui fait face. Recouverte d'une peinture jaune, écaillée et grumeleuse, elle semble étêtée par la masse noire de particules grasses qui la chapeaute. Il rentre chez lui… Il n'a pas vu venir l'énorme SUV Toyota blanc…

À l'huile déversée sur la chaussée mouillée se mêlent les striures rougeâtres du sang perdu abondamment par Zolde. Le regard torve des phares allumés projette une ombre instable sur le corps abîmé. Seul s'entend dans le silence des chocs soudains – dans cet espace d'une poignée de secondes qui fait les postfaces des violences urbaines –, un lointain gémissement, aigu, étouffé par quelque engorgement salivaire, stridulations organiques qui disent la vie qui gît.

…

« Il y a toujours ce besoin des prisons construites par nous, autour de nous, autour des corps que nous ne percevons plus comme nôtres ; il y a aussi ce besoin des abrutissements libérateurs ; ce besoin d'enterrement, de terrement, d'errements, d'éradication de la

légèreté des formes. Il y a toujours ce besoin de bruissement sale !

Les voleurs enferment leurs petits pour mieux manger ceux des autres ; ils libèrent leurs paroles pour mieux enfermer celles des autres ; les voleurs volent… les pieds vissés dans la croûte environnante !

Sur les trottoirs étranges des villes de demain serpenteront les couleuvres que nous n'aurons pu avaler. Les trottoirs ne seront plus vierges : les traces se reformeront pour créer l'espace souillé par nos peurs. Nous n'y ferons plus nos besoins – ni même ceux des autres –, nous n'y verrons que la valse sombre des figures reptiliennes. La petite mort fossilisée par nos vicissitudes, l'ambre nous maintiendra dans la position fœtale et personne ne désirera bouger, de peur de rameuter les hydres qui veillent sur nos vies… »

…

Je suis Zolde ! J'ai toujours aimé bercer d'une douce musique irréelle mes litanies d'homme seul et souffreteux. Je suis Zolde et je sors d'une longue torpeur, froide et roide. Mes yeux n'osent pas encore s'ouvrir sur le monde tel qu'il est maintenant. J'entends parler « coma » puis « réveil » et encore « miracle »... J'entends leurs voix calmes et ne perçois que leurs ombres derrière mes paupières closes. Des lumières d'une blancheur nacrée transpercent la peau plissée.

L'homme : depuis quand est-il en phase de réveil ?

La femme : une heure environ, Docteur.

L'homme : restez avec lui et prévenez-moi à la moindre évolution.

La femme : bien !

Je suis réveillé de quoi ? De quel endormissement ? Des bribes de souvenirs grisés me parviennent et m'enchaînent à une histoire que je ne crois plus mienne. Décoloration orbitale des images émises : un choc frontal, un visage aperçu rapidement comme un flash d'appareil photo. Mais un visage gravé tel un vieux négatif d'argentique...

Derrière le volant, je vois le regard ahuri d'une femme sans âge qui comprend son erreur et la mienne dans ce microcosme figé, forgé en quelques millioniėmes de seconde (sa main gauche enserrant le volant, la droite ouverte sur le vide laissé par le téléphone qu'elle tenait l'instant d'avant ; le téléphone flottant dans l'habitacle tel un ange annonciateur de déluge ; les cheveux d'un gris poussière, anarchiques et chaotiques, fixés dans ce qui semble être une attitude d'éternité macabre ; le corps en avant, ou plutôt voûté, comme pour compenser le manque de hauteur du plafond de l'habitacle ; un tatouage incompréhensible sur l'avant-bras…).

Des volutes d'éther se mêlent aux relents de sang séché qui me reviennent en mémoire, telles des ravines se creusant dans la matière spumeuse de mon cerveau, qui se rallume doucement, bercé par la voix suave de l'infirmière... qui me semble être… Il me faut ouvrir les yeux maintenant. Il me faut affronter la réalité. Elle ne peut être celle qui me semblait promise lors de ce voyage atone : « Il y a toujours ce besoin des prisons construites par nous, autour de nous, autour des corps que nous ne percevons plus comme nôtres ; il y a aussi ce besoin des abrutissements libérateurs ; ce besoin d'enterrement, de terrement, d'errements, d'éradication de la légèreté des formes. Il y a toujours ce besoin de bruissement sale ! »…

Les formes que prennent nos rêves ne sont que l'écho de nos insuffisances… Il ne peut y avoir de forme de miracle. Dans cette léthargie que je ne peux pas encore estimer, l'incroyable ne pouvait mener qu'à nos pertes… Je ne suis pas mort assez longtemps pour le découvrir.

Dans cette vie, celle des immeubles sans arbres creux, celle des eaux fangeuses et lourdes, celle des bottes qui ne savent pas où aller, il ne reste rien d'admirable ni rien d'estimable. Surtout pas soi ! Il n'y a d'illusion de changement que dans l'accident, comme une morsure qui rappellerait que c'est la peau déchirée, marquée, qui fera l'histoire. Pas l'acte de mordre ! Il n'y pas d'acte ici-bas ! Seulement des fils à tirer pour nous guider dans l'épaisseur d'une vie !

Je perçois la tiédeur d'une brise légère sur mon bras. J'ouvre les yeux d'un seul coup et décale légèrement mon regard sur le côté pour apercevoir la scène qui compose l'instant : une jeune femme, d'une beauté rassurante et familière, drapée dans une blouse couleur ivoire, trop grande pour elle, est penchée sur moi et tente, dans une attitude bienveillante, de souffler la tégénaire minuscule qui trotte sur mon bras – rougi, cramoisi – en direction de mon poignet… L'infirmière lève la tête et me dévisage ; elle entrouvre la bouche pour prononcer quelque chose mais aucun son ne sort. Je la vois changer de direction, lentement, comme absorbée par le ralenti d'une cinématique de jeu vidéo… Ses cheveux de feu se superposant au papier peint jauni et scabreux de la chambre d'hôpital... J'entends sa voix qui appelle... Elle disparaît un instant – un instant seulement – dans le couloir et lance à nouveau la mélopée de l'urgence médicale... Mais ce corps, ces cheveux, cette voix, ces mouvements... La Pouet !

...

Tandis que Zolde sombrait une nouvelle fois dans un coma qui pourrait s'avérer définitif et finalement confortable, l'infirmière stagiaire, Olga Lapoeyevsk, courait dans tout l'hôpital pour retrouver le docteur François Latace qui vaquait à quelques occupation subalternes.

L'araignée, qui venait de choir dans les draps trempés de sueurs âcres couvrant le corps parcellaire de Zolde, se raccrocha aux branches – ou plutôt au cadre en PVC de la fenêtre cadenassée qui donnait sur la cour bétonnée de l'hôpital public de Tulle – et s'enfuit par l'interstice sombre d'une fissure mal réparée.

Simone Vérac, qui finissait un sandwich kebab débordant de mayonnaise – laissant tomber l'huile ainsi transformée par le soleil sur une table ronde de petite taille –, regardait, figée par la honte et glacée par la terreur, la télévision, qui diffusait en boucle les images de la manifestation géante organisée par les Identitaires européens sur l'esplanade du palais Ducal ainsi que le long de la place de la République, à Nevers. Elle grattait nerveusement les plaques urticantes formées sur son avant-bras, déposant des morceaux infinitésimaux de viande d'agneau, préalablement coincés sous ses ongles,jaunis par les cigarettes menthol, tachant partiellement le tatouage improbable qu'elle s'était offert pour le cinquantième anniversaire de son viol...

Au milieu du défilé des têtes rasées se trouve un arbre. Un chêne. En tendant le cou suffisamment – et peut-être en se tordant un peu le dos également –, il est possible d'apercevoir un bout de papier sur la plus haute de ses branches. En scrutant davantage l'arbre millénaire, il est possible de déchiffrer l'écriture à l'encre rouge. Alors, cet avertissement – car c'en est un – devient lisible par tous. Et Zolde peut retourner dans les bras de La Pouet, tranquillement...

...

« Été, hiver,
L'arbre décharné, effeuillé à jamais,
Lance dans le froid de la chaleur estivale
Ses branches mortes et tordues qui montent,
Fières, à l'assaut des nuages.
Les oiseaux libres chanteurs se posent,
Haut ou bas selon l'air du temps,
Si petits et ordinaires qu'on ne les voit jamais
Se glisser vivement dans les cavités sombres.
Le tronc creux de l'arbre perdu
Est et reste
Invisible
À ceux dont le regard
Ne perce pas le lointain de l'air. »

La Mérule, papier bouffant

C'est dans l'arrière boutique du journal La Trousse corrézienne qu'est née La Mérule. Le champignon, papier bouffant, s'y était frayé un chemin de l'obscur à la lumière, nous imposant son nom pour nos éditions naissantes. Les nouvelles de ce recueil viennent de là aussi. Elles ont été publiées, à l'origine, par le journal d'information local, associatif et citoyen, en septembre 2018. Elles trouvent ici à se perpétuer dans une version bonifiée par le temps.

Sur les pages délicatement affinées dans les odeurs de sous-bois — déliquescence mérulée des forêts assouplies —, nous voulons les encres qui dessinent la vie sur les murs de la tentation littéraire. De cette tentation des écritures restées au fond des tiroirs à la tentative d'édition champignonneuse, il n'y a qu'une jonction à restaurer. Et c'est bien ici que nous nous situons : la maison d'édition La Mérule cherche à apprivoiser une fiction qui s'intéresse aux cloaques, miasmes et passions viscérales de nos existences.

Issu du collage improbable de nouvelles consacrées dans un livre genèse, La Mérule donne de sa gélatineuse personne pour montrer à lire ses littératures qui laisseront pantois, en enrichissant notre rapport au monde réel.

LA MÉRULE
16, PLACE DE L'ÉGLISE
19410 VIGEOIS

COUVERTURE : FRANCIS LAGER
RELECTURE FINALE : JULIETTE NÉGREL

ACHEVÉ D'IMPRIMER EN FÉVRIER 2022
PAR LES IMPRIMEURS CORRÉZIENS
19100 BRIVE-LA-GAILLARDE

ISBN : 978-2-493546-03-6
DÉPÔT LÉGAL : FÉVRIER 2022